歌集

タイムループ

長瀬和美

飯塚書店

飯塚書店 令和歌集叢書

歌集　タイムループ

長瀬　和美

目次

シルクエンペラー

千人風呂　9
まぼろしの魚　14
仏の座　17
種子油　21
アンドロイドの乙女　25
紫陽花忌　28
地獄の釜の蓋　32
ピンポンパール　35
薔薇の回廊　38

タイムループ

水無月の青田　45
百年の生　48
狐の命婦　51

古代蓮 55
画眉鳥 59
鬼ふすべ 63
橄欖と梟 67
男雨女雨 69
熊本地震 73

安藤家の人々

安藤家の人々 77
ハンカチの木 82
加牟那塚古墳 85
オマル・ハイヤーム 87
奇形植物 91
レモングラスの小道 96
ひかりと影 99
天狗の隠れ蓑 102

屋敷神 105

死と再生

農耕神 111
ぶどう寺大善寺 114
ゆりの木 119
道化師と小犬 124
草の葉のしるべ 127
加賀美の里 132
占いの館 136
太古の空 139
大地神 144

あとがき 148

シルクエンペラー

シルクエンペラーま白き鬚の豊かにて華やかなりし時代の名残り

千人風呂　諏訪市片倉館

セザンヌの大水浴の女らの豊かさをもて湯に浸かりおり

早乙女の花のおとめも老いたるも千人風呂に浸かりてたのし

身にまとうものひとつなき清しさに旅のひと日に秋の陽そそぐ

愚かにてかさねし罪の泡粒が身より浮きくる湯にしずむ時

まなぶたに透く秋の陽のやさしさに若かりし日の母の顕ちくる

湯に浸かり目つむるわれを目ひらきて公孫樹のひと木差し覗きたり

ま裸になりて向かえど裡ふかく纏うものある女というは

湯の底ゆ立ちのぼる泡るいるいと糸をつむぎし乙女らの生

沈む日にしばし華やぐもみじ葉は時代の暗さ映すことなし

王と王妃嘆き寄りそう彫像を仰ぎてひとつふたつ嘆す

昨日・今日・明日へと時を移しつつ思いはついに告ぐることなし

いっせいに風に舞い立つ街路樹の落ち葉無数の群衆となる

雑木々の山の黄葉の頂に松のみどりは冴え冴えとある

まぼろしの魚

寺泊渡戸浜《てらどまりわたべのはま》の魚市のここに賑わう国境《くにざかい》越え

まぼろしの魚と言われ見つめおり清らにまなこ見ひらくものを

辞書になき呼び名の魚《うお》も売られいて深海に棲む怪魚もおりぬ

幻魚《げんげ》とは、おそらく玄華《げんげ》、寒天玄華

見ひらける幻魚のまなこやさしくてそこより春の潮みちくる

岩の根に潜みて冬を越え来たるキツネ魚かも尾びれの長し

蚤之口《のみのくち》、近目金時《ちかめきんとき》などという人の名づけしその名のあわれ

死にてなおまなこ見ひらくうろくずを掌にのせたればぬめりて重し

ぬめりもつ海魚の腹をさばきつつ刃先鋭く内へと向かう

魚の身はあまさず食えと言う声の立ち返りきて身をせせりいつ

仏の座

萌えいでてたちまち畑《はた》を覆いゆく仏の座こそ時を凌駕す

茎立《くくだ》ちて黄の花そよぐ畑の菜を先駆けとして木々は芽吹きぬ

山蔭の土を起こして大豆蒔く土屋文明五十と五つ

新《あらた》しき菜園の土均しゆくゆめ〈空白を呼ぶことなかれ〉

ここにしてもはら励めば気まぐれな風がおりおり菜の花揺らす

金環食木星食の日を記す春分の日の農事の横に

木には木の人には人の来歴のありて水湧くほとりに佇ちぬ

ヒメジョオン西洋タンポポ踊子草休耕田にあふれ繁茂す

夕暮れてしばし明るむ中空に欅のひと木深く鎮まる

降り立ちて翼をたたむ黒きもの鴉となりてわが前歩む

力ある夏の日差しに射られつつ畑のくまぐま動くものなし

種子油

種子油《シードオイル》鍋に垂らせば百房の葡萄のみどり輝くばかり

山鳩に雀に土竜白鼻心《ハクビシン》われにもっとも近きものたち

田の神の豊受媛神《とようけひめのかみ》祀る社のもとにかがよう棚田

野の花のかたえ歩めば秋の陽は洞なすさまに大地にそそぐ

道の辺に手折りてあゆむ秋草の身を野に置きていく世を経たる

尾を立ててあゆむ雉子《きぎす》の折々にわが識閾をぬけてさ走る

屈まりて草抜きおれば何者か身より抜けいで秋の野をゆく

神棚に新米をあげ柏手をうてば浮かび来祖母《おおはは》の顔

軒燕去りて深まる秋冷に畑の作物みな丈低し

アンドロイドの乙女

柔やかな笑みをたたえて質問に応えんとするアンドロイドは

乙女にて頬ふっくらと紅をさし目蓋またたく老ゆるなきもの

クローン社会などという日のこの後に来ることなかれ人滅びても

水無月の水に目ひらく青めだかその身の透きて自在に泳ぐ

白めだか青めだかはた赤めだか命あるものかくも愛らし

午前二時目覚めし耳に木枯しの音を伝えて木々は騒めく

海底におぼれ谷とぞいう谷のありて移ろう時の迅しも

紫陽花忌

友が亡くなった月であり、父が亡くなった月でもある六月、ひそかに「紫陽花忌」と名付けて

ねじ花の螺旋をのぼる蟻の子に六月の空滴るばかり

〈水の器《ハイドランジア》〉すなわち藍の色ふかき紫陽花にして亡き人は顕つ

出会うべくして出会いたる五年《いつとせ》の歌の縁《えにし》に寄りて頷づく

見えざれどわが傍らに光だつ気配のありて六月六日

ちちのみの父のかなしき手のひらが眠れぬわれの目蓋を撫ずる

新月の淡きひかりにもろ葉垂れ木々はやさしき表情をなす

桐箱に納めておくるバウムクーヘン如何なる時間《とき》を人は紡ぐや

梅雨ふけし暗き葉叢に籠りたる蜂の羽音の低くとよもす

＊

ハイドランジア君が愛でにし紫陽花を見いでてたのし雪降る夕べ

冬あじさい真白く大き額片の夕べほのかにうす紅のさす

地獄の釜の蓋

亡き師、石田比呂志に寄せて

君の忌のまためぐり来て照り翳る二月尽日そよぐものなし

振りおろす鍬の刃先をいくたびかあらがねの土打ち返しくる

死ののちに逢いたきひとり煮え滾つ地獄の釜の蓋をひらきて

「目くら蛇に怖じねば口に任せ言ふ」恥じて思うは歌のみならず

会うことのもはやあらざる幾人《いくたり》か死別生別いずれともなく

蛇《じや》の髯《ひげ》の碧き玉の実なお深くいのち生きよという声のする

水盤に活けし寒木瓜つぎつぎに色あたらしく蕾をひらく

ピンポンパール

ノルウェー産鯖の片身に笹の葉のすがしき青を添えて春立つ

水草の葉陰に潜みひと冬を越えし目高に春日あまねし

ピンポンパールなどと名付けて魚を売る弥生三月風あたたかく

運命を弄ぶがにくれないの鰭美しき奇魚を売りおり

若草の青き草はら匂いたち仏弟子羅《ら》睺《ご》羅《ら》かたえを歩む

中国雑技団梯子の少女自在にて枝竹節虫《えだななふし》の落し子ならむ

迷彩服の若者が押す乳母車水鳥浮かぶ街川に沿う

薔薇の回廊

薔薇園の木陰に憩う山羊の仔を囲みて立ちぬ人は無言に

何ごとか思いめぐらす人のごと齢む山羊の白き鬚《あごひげ》

偶蹄類なかんずく美しき蝦夷鹿の角こそよけれ頭に戴くは

青葉濃き木立洩れくるまだら陽の漣のなか薔薇は渦なす

咲き匂う薔薇の回廊くぐり来てみどり涼しき水辺に憩う

逆さまにわが影映る池の面に折り重なりて犇めく魚族

餌を呑みて身をひるがえす緋の鯉を沈めて水はやわらかに閉ず

六六魚《りくりくぎょ》大き一尾のゆらゆらと浮きくるなべに亡き君は顕つ

池の面を掠めてよぎる鳥影に呑舟という言の葉浮かぶ

肥後六花紅芍薬の花陰に揺らぐまだら陽　君現われよ

水底に黒く群がる真鯉らの動きすばやし一つの向きに

森深く入りゆく道に木々の葉は吐息のような木洩れ日揺らす

冷房の風吹きあたる壁際に鉢の野草はみながら揺れる

タイムループ

何の木と知らずに仰ぐ青き実のタイムループのごとき既視感

水無月の青田

水無月の青田をわたる緑風に身を濯ぐべくしばらく立てり

ほたる袋ひとつ咲き出で降る雨に庭の草木の夕明かりせり

凍害に続く空梅雨ジャガ芋の花咲かぬまま梅雨の明けゆく

モザイク病青枯れ病と読みて知る前頭葉のやや明るみて

収穫を終えし玉葱束ねたるひとつひとつにそそぐ夏の陽

楽しげに囀りて飛ぶ燕の子おとうとの棲む町を知らぬや

藁しべを一本分けてくださいと親鳥の来てお辞儀をなせり

一番子二番子巣立ちしんかんと夏雲を抱く早苗田の空

百年の生

きしみつつ廻る水車の音のなか百年の生　今閉じられつ

ことなべて終りしのちの静けさに目蓋を閉ざす伯父の亡骸

孫の手に添える白木の杖匂う黄泉平坂いかに越えゆく

六文銭落してはならじ懐に深く差し込む眼鏡を添えて

琴川の水の流れに沿いくだる百年ともにありし故郷

眠たげな木魚の音に念仏の声の混じりて瀬音の止まず

ひとりよりふたりさびしく仰ぎ見る巨人の胸の青き星々

ただ一羽夜空をわたりゆく鳥の声の幾たび〈死を忘れるな〉

福寿草はや咲きいでて如月の淡きひかりを花びらに置く

狐の命婦

猫除けのペットボトルのとびとびに置かれて昼の家なみ静か

進化とはわが思わねど便器にて用をたしいる猫の愛らし

ペットフードに誘われ夜ごと現われる狐を待ちぬ猫とともども

ガラス戸を隔てて猫と対峙せる狐の細し顔の細しも

この夜の狐の命婦すばやくて振り向きざまにその形なし

豊かなる尾を見しのみに狐消え森へと続くけもの道消え

山の神田の神すたれ行きどなきものとなりたる狐の命婦

虎が雨ひと日そそぎしガラス戸に夕べ真白きえごの花咲く

顔を寄せ息をひそめて見つめおりウォーターマッシュルームの細かき花を

古代蓮

二千年のちのこの日を告ぐるがにひとつ蓮葉の激しく揺れる

池の面にみながら揺れて微笑せり古代蓮《はちす》の花の乙女は

両の手に包みて顔を寄せゆけば恥じらうごとき甘きその香よ

紅はちす白はちすはた爪紅の花のゆたけし諸葉したがえ

花の奥覗きて顔をあげし人何かゆゆしきものを見たるや

竪穴式住居の跡の窪地より黒揚羽ひとつふいに舞い立つ

かたわらを歩みいし人ふと失せて縄文土器の蛇紋広がる

暮れはやき谷沿いの道遥かなる時を思わせ蜩の鳴く

すぐりの実熟れて房なすくれないを甕に挿しおり供物のごとく

画眉鳥

雄鶏の一羽が鳴けばつぎつぎに雄鶏鳴きて猛きその声

一羽にてとめどなく鳴く画眉鳥の声の七色十色あやしも

余所者の画眉鳥鳴けば里山の鳥ことごとく押し黙るとぞ

人造湖いつしか二羽の白鳥に真鴨の添いて長き水脈ひく

与えたるパンの欠片を水に浸け呑み込むさまの老い人に似る

風切羽切られて飛べぬ白鳥にわれのみが知る空の道ある

飛び立てる術のあらねば豊かなる羽を広げて人を威嚇す

公憤と私憤のあいをゆきもどる道のほとりにそよぐ楡の木

毛布もて体くるみてキッチンに夜明けを待ちぬ眠らぬ父と

徘徊とは少しことなる若き日の思いのなかをさ迷いし父

鬼ふすべ

百年前日向をいでしものの末甲斐寒村の土を耕す

わが畑の土竜失せればこの世から土竜の消えしごとく畑打つ

アブラナ科アブラナ属の春野菜終わりて夏の野菜賑わう

まくわ瓜胡瓜白瓜はやと瓜縞目模様の青きは何か

モロヘイヤ砂漠の民の野菜にて摘んでも摘んでも新葉の生るる

渡来種の野菜ばかりの菜園にウリ科カボチャ属のズッキーニ育つ

南瓜でも瓜でもなくてズッキーニにょきにょき生えるズッキーニはも

真桑瓜ことに好みし祖母《おおはは》の半裸の夏の土間のすず風

来たりもんすなわち去りゆく者にして燕飛び交う畑を後にす

田の神の落し子ならん鬼ふすべ荒れし畑に日々太りゆく

橄欖と梟

真っ暗な穴よりいでし天牛の〈一天四海〉青葉のそよぐ

ペリドット橄欖《オリーブ》の実のやさしさに光をはなち八月となる

女神アテナきざむ硬貨の裏側に聖なる鳥はまなこ見開く

梟とオリーブの枝　豊穣と富を約せる国の衰微す

烏揚羽青き光《かげ》ひき草叢に沈みしのちの十六夜《いざよい》の月

男雨女雨

年々の思いはもはや告ぐるなく夏草原にそよぐ犬蓼

男雨女雨降る列島の夏の木立に渦なす青葉

降りやみて木下涼しき夕光に脚長蜂は脚垂れて浮く

甲州市塩山放光寺、八首

花のとき忘れて来たる境内に沢紫陽花の額の静けさ

これよりは入るを禁ずと赤らひく阿吽の像の大き手のひら

咲き残る蓮華の花のうす紅を晩夏のひかり遍く照らす

良きえにし願いて結ぶ赤き紐　愛染明王の御堂の前に

悪戯をなされる神か天に向け弓を引きたり忿怒の相に

紅はちす白はちす咲く寺の庭　無量無辺の静けさの充つ

淀みなき水の流れは青葉なす道に沿いつつ街へと下る

かすかなる記憶呼び寄せ鳴く蟬の声のあかるく歩みいざなう

熊本地震

二〇一六年四月十四日の夜半、熊本をM六・五の地震が襲う

マンションの部屋に置かれし骨壺のその後のこと知る由もなし

師の歌碑のかたわらに立つ木蓮のしろたえ浮かぶ地震の後に

これの世にわが賜りし恩情の温かくして導かれ来し

人におくれ歩めるわれの父祖として師として仰ぐ歌人《うたびと》君を

安藤家の人々

宝永四年富士の噴火のもたらせる飢饉はありて子を間引きしと

安藤家の人々

富士山が最後に噴火をしたのは宝永四年であるが、その翌年に棟上げされた安藤家住宅は、三百年余りの歴史を刻む

土により生きる暮らしを真つぶさに伝えて古き農具の残る

家ぬちを奥へ奥へと踏み入りてふいに明るき池の辺に出る

板の間に続く小暗き奥座敷祈禱室あり何祈りしか

安藤家の人々の写真滅びたるわが曾祖父の時代を語る

蹲踞をおおう八つ手の天狗の葉みどり艶めく陽ざしに透きて

火を起こし石臼を挽き畑の菜を摘みし人らはいずこに消えし

梯子のみ残されいたる文庫蔵扉の奥にまた扉ある

これの世の穢れ祓うと枕辺に置きし形代《かたしろ》見しはいつの世

能面師作りし江戸の内裏雛引き目鉤鼻にぽっちりと紅

泣き上戸笑い上戸に怒り上戸五段飾りの仕丁の三人《みたり》

古古しき雛を見めぐりいで来ればお納戸色の夕暮れとなる

長屋門閉ざせる彼方ことなれる時空のありて陽ざし傾く

橘の常葉の緑ことさらに思うならねど婚家の家紋

ハンカチの木

如月の木々のみどりの耀きてキングズ・ガーデン旅日和なり

剪定を終えて春待つ薔薇園の木々の静けさ時の静けさ

身にまとうもの何もなく薔薇園の片隅に立つハンカチの木は

われよりも若き園丁を先立てて歩む園生に春の水音

裸木の丘の空より零れきて囀りの声したたるばかり

新しく成りゆく街の家並みを響きが丘の道に見下ろす

ゆくたての拙かりにし若き日の木彫りの鳥の青き翼よ

三寒の四温のあした朝靄の木立の間にのぞく青空

加牟那塚古墳

こんもりと土を盛り上げ鎮まれる加牟那塚《かむなづか》古墳芝草の青

千の塚千の草木と消え失せて地名に残る千塚、鳥の木

いつの日か会わん思いの定めなく一人また一人浮かぶ亡き人

相逢うはなんじゃもんじゃの花の季節《とき》約してともす部屋の明かりを

幾たびかわが仰ぎみし五位鷺の夜空をわたるその若き声

鳥雲に入りて明るき街並みの街路樹に添いあゆむ鶺鴒

オマル・ハイヤーム

ままならぬ世を楽しめとオマル・ハイヤーム謳いし時世跡形もなし

石田さん忘れてゆきし傘ひらく甲斐の山家に春の雨降り

数ならぬ身こそ尊し花筐居ならぶ人のあまたあれども

『才才記』開き読みゆく視野の端　目白飛び来て鶯の去る

精神という仄暗き悲しみの壺の底いをさし覗きおり

ツェねずみ舌打ちの音ありありと聞こえてあわれツェねずみわれ

おれはここにいるよと低き声のする夕暗みゆく森の中より

どのようにも解せる人のこころとも思いて朝のコーヒー啜る

花柄のブラウスの胸のふくらみの心のうちはだれも知らない

吹き降りの雨のあがりて蝸牛どこへ行くのか二つ連れ立ち

奇形植物

草間彌生のような赤翻車魚《マンダイ》水玉の模様をまとい優雅に泳ぐ

巨大なる口もて泳ぐメガマウス深海鮫の貴重種という

異常気象に喘ぐ国々なかんずく痩せ衰えしホッキョクグマよ

絶滅の危機に瀕するキツネザル「マダガスカルは炭鉱の中のカナリア」

温暖化進みて海に呑まれゆく島いくつある〈奇跡の星〉に

アトランティス・アトランティーズ・アトラスの神話の巨人うかぶ夕月

気味悪き多肉植物《コスモプランツ》目覚めたるのちにいかなる花を咲かすや

奇形植物《ミュータント》の記述いつしか人間の上におよぶを怖れつつ読む

蟋蟀やゴキブリまでも食べつくす人間襲うミュータントの夢

ゴールドラッシュなどと名付けしもろこしの特売日今日ちらしの文字は

とりどりの色の楽しく並びおり野菜工場に育ちしトマト

火を噴けるキラウェア火山宝石の雨を降らすと言うはまことか

橄欖石《ペリドット》降るとし聞けばわが生れし八月の空煌めくごとし

レモングラスの小道

菜のはなの花咲くかたえ塵埃にまみれしこころ静かならしむ

やわらかき銀の和毛の諸葉もて地を覆いゆくラムズイヤーは

野兎のはずむこころにオレガノのレモングラスの小道をめぐる

バイオリンの木と知りしゆえ落葉せる冬の木立にわが耳冴ゆる

人去りて静けさもどる温室の淡きひかりに花の香は満つ

背に肩にそそぐ陽ざしの暖かくここでしばらく待っていようか

凍星の集いきらめく冬銀河いかなる楽を木々は奏でむ

イランイランの花の匂いに包まれて眠るひと夜のねむりの深し

霜の花輝くあした山鳩の声ふかぶかと木立にひびく

ひかりと影

時の間にひかりと影の交差してみどり混みあう六月の庭

木々の吐くひかりか揺らぐ部屋うちに日がな一日こもりもの書く

言の葉を拠りどとなせる幾たびかわが手力男いまだも生れず

薔薇好きの友の遺せる薔薇の木の丈低くして蕾ふくよか

頬杖をつきいる窓に亡き人の化身のような薔薇のひと枝

エリザベス、マダムイザーク麗しき薔薇の芽立ちの日々に赫《かがよ》う

年々に増えゆく薔薇の光りだつ庭に降りたつ羽根もつものら

擬宝珠の葉の葉脈の際立ちて夕光に透く庭のあかるし

天狗の隠れ蓑

いつよりか庭に根付きし隠れ蓑三角柏《みつのかしわ》はわが丈を越す

黄緑の蕾にまじる青き実の蜂を呼び寄す擬態《ミメーシス》のように

隠れ蓑のようなわが歌花虻の蜜に群がる羽音の中に

豹紋蝶まぼろしなして漂うは地獄の釜の蓋あくところ

片方のサンダル盗む狐いて歩む野の道きつねの日和

あるごとくあらざるごとく時に思うわがなきあとの君の暮らしを

柚子の実の青き鬼子を手のひらに乗せてたのしむその若き香を

過ちてかかりし電話問われたるムーンライトとはいかなるところ

屋敷神

屋敷神宿りし木とぞ夏雲の湧きたつ畑にまっすぐに立つ

いかなれる縁《ゆかり》に祀る栂の木か大豆畑に神さびて立つ

庭先に咲き乱れたるペチュニアの色の淡しも猛暑に耐えて

農具小屋ひんやりとして尾根に沿う谷戸の谷風吹きのぼりくる

享保なる塚石並ぶ畑より見下ろす谷戸の青田うつくし

まぼろしの牛の手綱を引く人の〈鉄の忍耐〉〈石の辛抱〉

神仏をうやまい祀る里人の土に根付きし暮らしの尊と

身を捨てて生きん思いのたどきなく無常を無情と言いし方代

青葉木菟木立のなかを啼きうつる右左口村の昼の静けさ

死と再生

根の国の荒れし大野か倒れ伏す木々を覆いて棘なす草

農耕神

草隠る神かもある日若者の身にとりつきて振るう大鉈

黙々とひねもす土を均しゆく若者の背に冬陽かたむく

チェーンソーの音おやみなく歳晩の畑にひびきて年改まる

新しき農園なりて若者の植えし苗木のきざむ日月

農耕神目には見えねど若木《おさなぎ》のめぐり明るむ蕾ふふみて

ティンカーベルの羽音のように降る雨の紫陽花の葉にけぶる雨脚

雨の日は雨に濡れ立つ樹を思い森を思いぬひとに重ねて

ぶどう寺大善寺

ぶどう寺の薬師如来は、左手に葡萄を乗せている

豊穣の時を迎えて賑うにぶどうの里は異郷とぞなる

浄瑠璃の厨子の扉をうちひらき葡萄薬師は静まり坐《いま》す

ふくよかな笑みを湛えて鎮まれる薬師如来にわれら見《まみ》えつ

「オンコロコロセンダリソワカ」今生の旅人われら諸手を合わす

金色《こんじき》に輝く月と日をかかげ御手たおやかに脇侍は在す

吉祥の文様えがく葡萄の葉秋日に透きて頭上をおおう

矢を番えなにを射んとす善行をうながす神の髪逆立てて

刻神はおのもおのもに武器を持ち玉眼みはる忿怒の相に

戦乱の時世おもわせ神将の居並ぶ前を横歩きせり

いつの世のなごりの夢か漂えり国宝大善寺外陣の空

ぶどうの葉なべて色づき澄みわたる山あいの空　浄玻璃の如し

卓上に葡萄の房はかがやきて時の雫のしたたるごとし

千年の恋の秘儀とう言の葉の浮かぶ碧空かぎりなく澄む

水鉢に飼いし目高のビオトープひと夏を経て衰うはやし

ゆりの木

ゆりの木をわが鉾となし仰ぐ空　身を鎧うべき齢《よわい》過ぎつつ

秋はわがこころのつばさ張りて澄みゆく空を渡りてたのし

この秋の紅葉うつくしなお生きておのが敗荷を見よとごとくに

そよごの実赤く色づく公園に囀る鳥の声のつやめく

草野姫《かやのひめ》の産みし若子かどんぐりの帽子かぶりて手の平にのる

矢車草・数珠玉・巻耳見ずなりて野辺のあそびも忘れてひさし

ちちのみの父の手のひら浮かび来て振り子時計の時きざむ音

少しずつ異なる時を刻みつつ一つ家内に住み分けをなす

ガラス戸の外より見ればわが猫のひと世土踏むことのなき生

野良猫の姿いつしか消え失せて県民の庭《オープンガーデン》に冬日静けし

太陽のコンパスをもて飛ぶという渡りの鶫いまだ見ぬかも

ひとつ世に生きて励むに山梔子のわが友がらの消息不明

寡黙なる人のごとくに佇める冬の木立ちを見つつ歩めり

傍らをすり抜けてゆく若きらにアンドロイドなど混じりおらずや

道化師と小犬　ポップ・サーカス

道化師の小犬愉しも螺子巻かれ歩むすなわち逆立ちをして

縞馬の着ぐるみを着て芸をなす犬の愛らし純朴にして

猛獣の消えしテントの暗がりに空調の音低くとよもす

人よりも獣は信の深しとぞわれもしか思う愚かに生きて

ジャグリングのピンの速さに追いつけず眩暈して見つ渦なすものを

聖徳太子遊びしというお手玉の火取水取玉《ひとりみずとりたま》とはいかなる玉か

最後の見せ場は、やっぱり空中ブランコ

ブランコのとどまるせつな中空に体ふわりと浮かび広がる

わが吐息ふと洩れしかばマジシャンの箱の中より鳩の飛び立つ

草の葉のしるべ

草の葉の結ぶしるべを踏み迷い歩み来しかな今に思えば

嫩葉なす山の木立ちを日々愛でる風となり鳥となり雲とぞなりて

おはようと声掛けてゆく路の辺の畠のたんぽぽ桃の蕾に

うらうらに照れる陽ざしにうっすらと花の先より滲むむらさき

ふっくらと蕾ふくらむ桃の木のめぐり明るむ蕾のいろに

「愛は花君はその種子」オカリナの音色やさしく木立をわたる

宅配の荷物受け取り指をもて名前を記すスマートフォンに

折れ釘のようなわが文字液晶の画面に躍る指を離れて

天上に芽吹くみどりの遅々として三寒四温の今日は花冷え

胸に手をおきて眠ればいつの日も明日あることをつゆ疑わず

六十より先が花とぞ読む歌の身に沁みいりて忘八の文字

百歳を過ぎて歌よむ老歌人花の写真をあまた賜る

万葉の森に咲く花日々愛でて花の高殿《うてな》に遊びし歌人

死にてなおとけぬ呪縛かクリムトの花の褥に眠る処女子《おとめご》

加賀美の里

合歓の木の合歓の葉ごとにうす紅の風渡りゆく加賀美の里は

甲斐源氏ゆかりの里の法善寺ここに憩えと木々は騒立つ

白金《プラチナ》の光するどくひるがえし鯉の寄り来る梵字の池に

藍衣はたまた浅黄、銀鱗のいのち育みはがねなす水

ステンレスの母屋うつくしき明王殿　三階菱の家紋を刻む

植物の種子原型となすグライダー進化とは常に似て非なるもの

梵字池の木々の上より見据えいる不動明王のまなこ鋭し

静かにて人影あらぬ参道に置かれし石の表情ゆたか

参道をはずれて憩う蓮池の濁りし水に揺らぐわが影

梅雨空の下に犇めくはちす葉のにぶき光に亡きひとは顕つ

寺の庭おおいて繁るきささげの古木おのずと時を刻みぬ

占いの館

プランターの胡瓜猛暑に耐えざりき蔓の先よりたちまちに萎え

なんという今日の暑さか菜園のトマトは赤く口を開きて

命あるものことごとく喘ぐかな灼けし青田につづく葱畑

畑中に散水の音立ちのぼりしゅんしゅんしゅんとふるう水鉈

油照る土用丑の日鰻買う人の列なすところを過ぎる

夏野菜みどり涼しく敷きのべて富士見平の空の青さよ

収穫を終えし畑を均しゆく人の親しも行く夏のひと

夏木立繁りて深き緑陰に占いの館あるを見て過ぐ

太古の空

花みょうが添えて涼しき石挽きの蕎麦をすすりぬ箸に掬いて

白樺の幹這いのぼる葛の葉の思いの丈を見よとごとくに

空は今〈太古の青さ〉葛の葉の葉うら葉うらに宿る言魂

夜の森歩みてみたしブルームーン二度あるというその月の下

酸性雨に核の雨降るこの星にプラスチックの雨も降るとう

岡けさ子さんへ、五首

君の歌よみて籠れば浮かび来る一つ葉たごの花の明るさ

わが家に来たりて三年この年の眉刷毛《まゆはけ》万年青《おもと》花をつけざり

ドクダミのアンチドーテとは八重咲きの十薬にして君に学びき

わが活けし花を病室に描きしとうその絵をついに見ることのなし

明るしと仰ぐ朝空悲しみの幾夜は過ぎて還り来ぬ人

*

ネオ・アース玉葱の種子播きいつつ歌口ずさむ方代の歌

甲州葡萄ことに好みし君にして昭和一桁とう世代も滅ぶ

枕辺の灯りともして歌書くとこころの澱の静まるを待つ

大地神

大地神《ガイア》とう葡萄の丘のレストラン昼のテラスにしばらく憩う

銀のフォーク銀のナイフを操りて展望レストランに青空を食む

氷河期より生きのびて来しこの星の葡萄の歴史時かけて読む

くだもの館花の広場に憩いたる人も仔犬もなべて小さし

賜りし秋のひと日やほけほけとロードトレインに運ばれて行く

曼珠沙華土手に列なし耀けばさびしき秋はそこより来たる

ひよどりの声澄みわたり黄葉せる木々のひそけし秋冷の庭

柿の葉のもみじ疎らに落ち葉せり木の葉やゝまめの山くだるころ

あとがき

本歌集は、二〇一一年に出版した第二歌集『アーティチョーク』に続く、私の三冊目の歌集である。三十一歳で歌を作り始めて今年で三十六年目となる。この間、父の認知症をはじめ様々な出来事に遭遇してきたのであるが、唯一、心の支えとなったのは、やはり、短歌であった。

集名の『タイムループ』は、循環する「時間の輪」という意味合いで、集中の「何の木と知らずに仰ぐ青き実のタイムループのごとき既視感」（「古代蓮」）という作品から採用したもので、私という小さなあるかなきかの存在の人間が、気の遠くなるような時間の連鎖の中で、いろんなものと関わりながら一日一日を過ごしていることを、改めて実感させてくれる言葉でもある。

この度の上梓にあたり、「ぷりずむ」短歌会の主宰、長澤ちづ様には、細やかなご配慮とともに的確なご助言をいただき、心より感謝を申し上げたい。また、出版に際して、お骨折りをいただいた飯塚書店の代表、飯塚行男様に、心よりお礼申し上げたい。

二〇一九年十二月吉日

長瀬　和美

長瀬　和美（ながせ かずみ）

1952 年　山梨県甲府市生れ
1983 年　山梨県「みぎわ」短歌会入会　85 年「みぎわ作品賞」受賞
1987 年　石田比呂志に師事「牙」入会
1991 年　第一歌集『山の鼓動』上梓
2007 年　「鼓動」短歌研究会発足（「鼓動」「かわせみ通信」発行）
2010 年　山梨新報社「しんぽう文芸」歌壇選者（2018 年迄継続）
2011 年　石田比呂志逝去「牙」解散
　　　　第二歌集『アーティチョーク』上梓
2016 年　山梨新報社　エッセイ連載
2018 年　「ぷりずむ」短歌会入会
　　　　評論『山崎方代　一行の詩形の中の人物』上梓
　　　　日本歌人クラブ会員。

現住所　〒 400-0222 山梨県南アルプス市飯野 4168-15

「ぷりずむ」叢書16
歌集『タイムループ』
令和二年一月三十日　初版第一刷発行

著　者　長瀬　和美
発行者　飯塚　行男
発行所　株式会社　飯塚書店
http://izbooks.co.jp
〒一一二-〇〇〇二
東京都文京区小石川五-十六-四
☎〇三（三八一五）三八〇五
FAX 〇三（三八一五）三八一〇
印刷・製本　日本ハイコム株式会社

ISBN978-4-7522-8121-4　飯塚書店令和歌集叢書――02